Over the dreams

JESSICA NINIANO

Dedico questo libro al mio avvocato Ari che mi ha seguito fino a qui e ha fatto un ottimo lavoro, con affetto Jessica

manoscrittiebook@libero.it

Ringrazio tutti coloro che mi hanno permesso di realizzare un sogno

Il mare un oceano immenso di gocce di rugiada per un'infinità di esseri viventi che lo avvolgono nella loro calorosa esistenza. Una profondità del suo colore più intenso dove racchiude i suoi meravigliosi segreti

OVER THE DREAMS
POESIA

Jessica Niniano

2022

Il poeta, un uomo a volte solitario a volte no, una persona semplice o complessa che cerca di scrivere e trasmettere emozioni attraverso le parole sentite dentro al suo cuore

OVER THE DREAMS
POESIA

Jessica Viniano

2022

La notte dolce buia e tempestosa un silenzio quasi sconvolgente che mette a volte paura, dolce e amara la notte si affievolisce per dare spazio a un nuovo giorno

OVER THE DREAMS
POESIA

Jessica Viniano

2022

Il silenzio, un attimo un minuto o un'ora. Non conta quanto tempo passi ad ascoltarlo ma la qualità di quel tempo passato in sintonia con noi stessi

OVER THE DREAMS
POESIA

Jessica Niniano

2022

La casa, dolce luogo di riposo e di compagnia che ti dà riparo da ogni cosa, la casa luogo rassicurante dove puoi sentirti pienamente te stesso e godere della pace e tranquillità che può dare

OVER THE DREAMS
POESIA

Jessica Niniano

2022

I tatuaggi disegni scritte e qualunque altra forma artistica impressi sulla propria pelle con inchiostro indelebile che raccontano un po' di noi

OVER THE DREAMS
POESIA

Jessica Niniano

2022

La pandemia, milioni di persone perse dentro le loro case a guardare muri vuoti e costrette ad ascoltare il silenzio assordante delle città. Milioni di persone sconfitte da questo flagello chiamato covid 19 ma molte di loro hanno vinto questa guerra riprendendosi la loro meravigliosa vita. L'amicizia un legame forte o debole che sia che si costruisce giorno dopo giorno come mattone su mattone, l'amicizia un sentimento quasi estinto e raro ai giorni nostri ma se si trova può regalare sostengo supporto e tanto tanto amore

OVER THE DREAMS
POESIA

Jessica Niniano

2022

Il dentista, dottore ma prima di tutto uomo che ci aiuta a risolvere problemi fisici che per noi sarebbero insormontabili

OVER THE DREAMS
POESIA

Jessica Viniano

2022

La montagna, un'oasi perfetta racchiusa nelle sue mille sfumature di colore, un'anima viva al centro delle sue gole e la sua cima dà un senso di pace e di irraggiungibilità

OVER THE DREAMS
POESIA

Jessica Niniano

2022

21 marzo, il 21 marzo e il primo giorno di primavera cambia la stagione e il poeta può fiorire con i suoi versi leggendo il proprio cuore

OVER THE DREAMS
POESIA

Jessica Niniano

2022

Prato innevato. In quel prato rivestito dalla sua coperta di neve ti ho incontrato in quel prato rivestito dalla sua coperta di neve ti ho lasciato

OVER THE DREAMS
POESIA

Jessica Viniano

2022

Il bar, luogo di ritrovo per molte persone anche luogo di relax, il bar dove puoi godere di un buon caffè caldo e restare con i tuoi pensieri più intimi

OVER THE DREAMS
POESIA

Jessica Niniano

2022

I viaggi alla scoperta di posti nuovi, dagli odori e dai profumi intensi, persone con culture diverse, sconosciuti che diventano amici e a volte durante i tuoi viaggi trovi te stesso

OVER THE DREAMS
POESIA

Jessica Niniano

2022

Il lavoro dà dignità ad ogni persona ed è stupendo avere un lavoro onesto, il lavoro fa di te la persona che sei grazie alle esperienze che ti dà

OVER THE DREAMS
POESIA

Jessica Niniano

2022

Le esperienze di vita che ti fanno crescere di amore di amicizia, legami tra persone, esperienze belle o brutte che siano fanno crescere e rendono la vita meravigliosa

OVER THE DREAMS
POESIA

Jessica Niniano

2022

L'adolescenza, età difficile sia per i ragazzi che per i genitori, difficile capirsi ma è l'età più bella dove pensi che sei invincibile e la vita e un gioco

OVER THE DREAMS
POESIA

Jessica Niniano

2022

Lo smartphone squilla squilla squilla e sei sempre rintracciabile ma può essere di aiuto per il lavoro e strumento valido quando hai bisogno di sentire una voce amica che ti rasserena

OVER THE DREAMS
POESIA

Jessica Niniano

2022

I numeri a volte non contano nulla, a volte contano tantissimo; i numeri sembra non abbiamo molta importanza invece ne hanno moltissima in qualunque caso

Over the dreams
poesia

Jessica Viniano

2022

Le mani rugose piene di calli e piene di rughe o altrimenti ben curate con smalto e brillantante ogni cosa la si fa con le nostre mani possiamo scrivere creare e fare tutto semplicemente con le mani

OVER THE DREAMS
POESIA

Jessica Niniano

2022

Le persone. Milioni di sconosciuti che si incontrano ogni giorno presi dalle loro mille faccende e dai loro mille pensieri le persone alcune possono fare una grande differenza nelle nostre vite

Over the dreams
poesia

Jessica Niniano

2022

La sigaretta, momento di relax dopo una lunga giornata di lavoro, la sigaretta può dare quell'attimo di pace con sé stessi

OVER THE DREAMS
POESIA

Jessica Viniano

2022

I nonni. Non saremmo nulla senza i nonni che ci insegnano tutto e ci accudiscono da piccoli e ci coccolano da grandi

OVER THE DREAMS
POESIA

Jessica Niniano

2022

La pubblicità. Piccoli spazi di vita che ti vogliono vendere a volte quello che non puoi comprare, la pubblicità a volte può far male

OVER THE DREAMS
POESIA

Jessica Niniano

2022

I bambini, dolce gioia per ogni genitore ma sono anche il nostro futuro, i bambini hanno il nostro mondo nelle loro mani

OVER THE DREAMS
POESIA

Jessica Niniano

2022

La bilancia a volte odiata a volte amata, la bilancia e l'oggetto più discusso perché indica il peso ma per molti il peso ha moltissima importanza

Over the dreams
poesia

Jessica Niniano

2022

Le scarpe. Senza di esse non potremmo camminare e non potremmo percorrere il cammino della nostra vita, le scarpe ci danno la possibilità di muoverci e scoprire luoghi a noi sconosciuti

www.ingramcontent.com/pod-product-compliance
Ingram Content Group UK Ltd.
Pitfield, Milton Keynes, MK11 3LW, UK
UKHW021644190726
13853UKWH00001B/47

9 798448 896446